버들치
최서림 시집

문학동네시인선 056 최서림

버들치

시인의 말

말이 곧 시가 되고 노래가 되는
말이 곧 법이 되고 밥이 되는 때로 돌아가기, 아니
말이 곧 목화가 되고 햇콩이 되는 때가 다시 돌아오기까지
물렁물렁한 말의 혓바닥으로
깨어진 말의 사금파리에 베인 상처 핥아주기

2014년 6월
최서림

차례

1부

딱새

풍각장에서 콩나물 팔던 우리 엄마처럼 짝고 바지런하다

한겨울 감나무 가지에 매달린 감을 서로 먹으려고 동박새랑 다투는 것을 보면, 쑹화강 유역에서 만주족과 싸우며 텃세권을 형성한 조선족 여자 같다

눈알을 똘망똘망 굴리며 쉴 새 없이, 찔레나무 가지를 이리저리 옮겨다니며 붉은 열매를 쪼아 모으는 모습이 세상 여느 아낙네와 같다

아무르나 우수리 강변 버려진 집에는 이혼하고 딱새가 되어 돌아온 둘째 누나 같은 여자들이 둥지를 틀고 산다

짝새

　짝새는 자존심 강한 뱁새의 별명이다 아니, 초생달과 바구지꽃과 당나귀와 함께 백석과 한 동무인 걸 보면 짝새란 이름은 필명임에 틀림이 없다 뱁새가 황새 따라가다 가랑이 찢어진다는 말이 있지만, 뱁새가 작아도 알만 잘 낳는다는 말도 있다 뱁새가 수리를 낳는다는 말도 있지 않는가라고 검은머리오목눈이라는 점잖은 본명을 가진 짝새들이 감나무 가지에 앉아 인간들을 내려다보며 저들끼리 수군거린다 하모, 뱁새 같은 시인이 수리 같은 군왕을 낳는 법이지 백석이 프랑시스 잠과 도연명과 함께 놀고 있는 시 「흰 바람벽이 있어」 속으로 날아들어간 이후, 사실 이 땅의 모든 짝새들은 시 속에서만 서식한다 그 안에서 출출이라는 막걸리 같은 이름도 얻은 텃새가 되어 터줏대감 노릇을 하고 있다

검은등뻐꾸기

동산 꿀밤나무에 올라앉아 가지를 흔들어대면서 부룽, 부룽 시동을 걸었다
꿀밤나무는 그때마다 비행기가 되어 가볍게 날아오르곤 했다
꿀밤나무 껍질처럼 단단한 아이들은 꿀밤나무 둥치에서 날아오르는 장수풍뎅이 등에 올라타곤 했다
로켓포 모양의 볼펜 껍질을 주운 아이는 간첩이 사용하는 비밀 무기라 했다
장날이면 오는 뽑기 장수를 고정간첩이라 우기는 아이도 있었다
볼록한 뱃속에 무전기가 들어 있다고 주장하면서도 신고하는 아이는 없었다
모래무지처럼 금세 까먹고 물속을 헤엄쳐 다녔다
밥때가 되면 동산의 검은등뻐꾸기가 벽시계 속의 뻐꾸기처럼 걸어나와 정확하게 울곤 했다
그때 꿀밤나무를 타고 저 멀리 남쪽 하늘 끝까지 날아간 친구는 반백이 다 되어 헬기를 몰고 돌아왔다 뒤태가 고운 검은등뻐꾸기처럼

목화

너무 멀리 왔구나
말이 곧 밥이 되고 법이 되던 땅으로부터

토해내지 못해
안으로 타들어간 말들이 끄는 대로
두 눈 멀쩡히 뜨고 여기까지 흘러왔다
바람 빠진 공 모양 쭈굴렁쭈굴렁 굴러왔다

길을 찾지 못해
쌓이고 쌓여 헝클어진 말덩어리가
쭈글쭈글한 몸 여기저기 불쑥불쑥 찌르며 비집고 나오는데

어두운 몸을 찢고 나온 혼돈의 말들은
화려한 독버섯이 되고 사금파리가 되고
이 땅의 모든 불씨를 사위어버리게 하는 얼음이 되고

너무 멀리 떠나왔구나
말이 곧 목화가 되고 따뜻한 구름이 되던 땅으로부터
구름을 타고 하늘을 만지고 놀던 때로부터

설한(雪寒)

살강에 쥐똥이 얼어붙었다
불씨가 사위어가는 작은 마을들
폭설에 눌려 집들이 나지막하다
지도에 점 하나 찍지 못하는 마을처럼 남겨진 노인들
마음의 곳간부터 텅, 텅, 비어 있다
텅 빈 쌀부대처럼 버석거리는 몸들,
까마귀같이 삼삼오오 경로당에 모여들어
점 십의 민화투를 치다 다툰다
카시미롱 이불 속에 언 발을 묻으며
죽어서도 돌아오지 않을
목화의 꿈을 그리고 있다

목화를 따 먹으면 목화처럼 환하게 피어나던,
그림을 그리면 개도 고양이도 사람도 집도
목화솜같이 붕붕 떠다니던,
그림자도 없이 원근법도 없이

버들치

    중택이는 버들치의 청도 사투리다 중학교 때부터 중택이 란 별호(別號)를 얻은 까까머리 친구가 있다 1급수에만 사 는 버들치같이 맑은 눈을 가졌기 때문인지 중 같은 머리 때 문인지 지금도 청도서 가장 깊은 계곡 버드나무 숲 속에다 집을 짓고 산다 버드나무 숲 때문인지 눈물 많은 중택이 때 문인지 이곳 바람은 눈물처럼 맑고 푸르다 으레 술자리가 막 벌어질 즈음이면 주식 얘기, 군대 얘기 다음으로 먹는 얘 기가 따라나와서 개, 개구리, 뱀 잡아먹던 얘기로 마무리되 지만, 물이 맑고 길이 곧은 청도서 나온 우리들에겐 뻐구리, 송사리, 버들치 얘기로 끝이 난다 한밤에 차를 몰아, 버들 치같이 해맑은 얼굴로 산림청 서기를 하다가 이제는 진짜로 버들치가 되어버린, 바위틈에 숨쉬고 산다는 중택이를 찾아 가는 친구들도 있다

내 아들의 말 속에는

　내 아들의 말 속에는 세심해서 상처투성이인 나의 말이 들어 있다 거간꾼으로 울퉁불퉁 살아온 내 아버지와 내 아버지의 아버지의 꺼칠꺼칠한 말이 숨쉬고 있다 조선 후기 유생 최서림(崔瑞琳)의 한시가 들어 있다 초등학교 3학년 내 아들의 비뚤비뚤 기어가는 글자 속에는 내 아버지처럼 글자 없이도 잘살아온 이서국 농부들이 공손하게 볍씨를 뿌리고 있다 눈길을 더듬으며 엎어지며 쫓기듯 넘어온 알타이 산맥의 시린 하늘과 몽골 초원의 쓸쓸한 모래먼지 냄새가 박혀 있다 바벨탑이 무너진 후 장강(長江)처럼 한반도까지 흘러들어온 광목 같은 말에는 우리 아버지와 아버지의 아버지들이 흘린 눈물과 피와 고름만큼의 소금이 쳐져 있다 내가 살고 있는 당(堂)고개에는 비린 말들이 60년대 시골 김치처럼 더 짜게 염장되어 있다 가난해서 쭈글쭈글한 말들이 코뚜레같이 이 동네 사람들의 코를 꿰고 몰고 다닌다

율랑거리다

말에 붙잡혀 사는 자,
꽃들에게 나무들에게 새 이름을 붙여주고 있다
그에게도 미루나무 담록색 이파리 같은 시절이 있었다
내일은 언제나 새로운 기차처럼 다가왔다

라스콜리니코프처럼
말에 붙들려 들떠 있는 자,
언제나 낡은 정거장에 홀로 중얼거리며 서 있는 기분이다
이 기차를 놓치면 다음 기차가 오겠지 그러나
내일은 더이상 이름 그대로의 햇것이 아닌
꼬질꼬질 때 묻은 것, 이미 구겨진 것

말을 부리려다 말에 부림을 당하는 자,
기껏 사물에다 때 낀 이름이나 붙여주고 있다
붙여주는 것이 아니라 새삼 확인하는 것에 지나지 않는다
우울증 환자처럼 도박꾼처럼 늘 정거장에 멍하니 서 있
어야 하는 것
구겨진 이름이나마 붙이며 존재이유를 찾아내야 하는 것
때로는 구겨진 말이 칙칙한 나뭇잎 속으로
율랑율랑 파고들기도 한다는 것

가시나무

사랑이란 말이 외계어처럼 들리던 때였다
시뻘건 적개심이 우울증을 몰아내주기도 하던 때였다
들을 귀가 없어 공허하게 혼자 떠들기만 하던
내 안에 빽빽이 도사린 가시는 보지 못하던 때였다
내 가시에 내가 찔리는 줄도 모르던 때였다

잿빛 꿈이라도 꾸어야 시인이지만
모든 이데올로기는 비극적이란 말도 있다
반들반들한 말의 벽돌로 빈틈없이 쌓아올린 집 속에
손님으로 들어가 쉴 만한 방들이 없다
말이 너무 많아 말과 말이 섞일 공간이 없다

말에 허기진 나더러 아내는
씨 뿌리는 사람의 심정으로 시를 써보라 한다
정신없이 말을 뱉어내기 바쁜 시인보다
마음속에다 빈 주머니를 주렁주렁 달고
느릿느릿 받아먹어주는 사람이 고마운 때라 한다
잘라도 잘라도 솟아오르는 말의 가시를
뭉그러뜨릴 수 있는 것도 역시 말뿐이라 한다

설겅거리다

그의 말이 내 입안에서 설익은 밥알같이 설겅설겅 씹힌다
설겅거리는 그의 말을 맞대놓고 씹어대는 내 말이 내 입안
에서 설겅거린다 머릿속에서 벌어지는 설익은 말들의 전쟁,
큰 말이 작은 말을 잡아먹는다 피가 흥건하다 비린내가 온
몸 구석구석 파고든다 목향 이파리를 닦아줘도 비린내가 훅
끼쳐온다 아침부터 살강살강 씹히는 붉은빛 햇살 때문에 백
란은 하루종일 입속이 개운치 않다 천리향은 새삼 고슴도치
같이 웅크린 선인장이 가시로 공격해올까봐 잔뜩 움츠리고
있다 겁먹은 눈도 가릴 겸 비린내도 내쫓을 겸 대극도는 넓
은 잎으로 살랑살랑 부채질하고 있다 비린내는 부챗살 모양
으로 번져나가고 있다 약한 말을 집어삼킨 힘 센 말이 집 구
석구석을 계엄군처럼 장악하고 있다

배밀이

그곳은 공기마저 푸른빛이었다

멍든 몸, 멍든 말,

더듬이를 잃은 벌레처럼

내 영혼, 배밀이로 다가가던 섬

삶의 물살이 목구멍까지 차올라 숨가쁘게 떠 있는 섬

그곳은 바람마저 푸른빛이었다

그리움이 염소 똥 모양 말라붙어 있다

머리가 꼬리에 닿도록 외로움에 쪼그라든 두미도(頭尾島)

내 청춘, 납덩이같이 가라앉으며

낚싯대 하나로 떠돌던 시절

푸른 한숨, 푸른 눈물,

가도 가도 푸른빛이었다

자화상

피자빵처럼 얼룩덜룩한 얼굴로
오십견이 있는 어깨를 빙빙 돌리고 있다

수전증이 있는 그의 오른팔에는
홀로 사는 누나를 닮은 목이 긴
재두루미가 둥우리를 치고 산다

가늘게 떨리는 긴 부리 모양의 손이 가닿으면
모든 사물들은 껍질을 벗고 푸른빛을 드러낸다
삶의 피멍들이 스르르 풀려나온다

재두루미 목줄기같이 휘어지는 그의 손끝에
딱딱하게 마른 북국(北國)의 모델이
둥글둥글한 남양(南洋) 여자로 변신하고 있다

화실로 곧장 쳐들어온 햇빛이
깊고 깊은 푸른빛에 녹아
재즈 음으로 흐물, 흐물, 흐무러지는 시간이다

화실을 세포막같이 둘러싼 남천(南天)들이
매운바람에 붉게, 붉게, 익어가는 시간이다

미끌거리는

　A의 말은 질겅질겅 씹어도 씹히지 않고 미끌거리며 식도로 넘어간다 침과 섞이지 않고 위액과도 섞이지 못한다 소화되지도 못하고 흡수되지도 못하고 곧장 장(腸)을 통과해 밖으로 배설될 뿐이다 똥도 묻지 못하는 빤질빤질한 A의 말, 똥개도 주워먹지 않는다 참새도 쪼지 않고 멀찍이 돌아앉는다 녹음된 테이프 같은 A의 말, 배를 갈라보아도 피가 보이지 않는다 소금도 녹아 있지 않다 땀냄새도 나지 않는다 이름이 되지 못하는 말, 이름이기를 포기한 이름, 증류수같이 공허한 이름, 중심이 검게 텅 비어 있는 A의 말, 블랙홀 같은 말이 아기 엉덩이같이 동글동글한 말을 집어삼킨다 죽은 말이 살아 있는 말을 부리려 무당 푸닥거리하듯 작두 위에서 날뛴다

고흐처럼

    눈알이 쾡, 하게 말라들어간 북어 대가리 닮은 날들이다
우울뿐인 겨울날들이다 헐벗은 그의 영혼처럼 메마른 땅에
다 엉성하게 삐뚜름히 꽂혀 있는 나무들, 하관이 빠져버려
생이 빈약한 얼굴이다 그림 한 장 못 팔아먹고 오랜 고생으
로 겉늙어버린 얼굴이다 세상을 외면하듯, 구겨진 잿빛 모
자를 눌러쓰고 있다 세상을 찌를 듯, 잿빛 턱수염이 바늘 모
양 뻗쳐 있다 까칠까칠한 내면에 닿을 만큼 깊게 팬 주름
살, 싸구려 의치로 벌써 노인이 되어버렸다 까마귀가 들판
에다 게워내는 잿빛, 몸안에서 마지막 타다 남은 재의 빛들
을 끌어모아 노랗게 격발시키는 눈빛이다 소라게처럼 집을
짓고 들어앉은, 여기저기 뚝, 뚝, 끊어진 의식의 실타래이다

밀짚모자를 쓴 남자

칼끝으로 노란색을 찍어 마구마구 짓이긴다

들판에다 산에다 하늘에다 노란색을 미친 듯이 들이붓는다

노란색이 소용돌이치는 고흐의 밀밭에는 이따금 까마귀 떼가 껌껌한 기억처럼 돌아오고

햇볕도 들지 않는 화실의 말라비틀어진 노가리보다 더 가난한 K, 깨어진 유리창 같은 의식을 따라, 빙글빙글 도는 태양 아래 유월의 보리밭을 그리고 있다

불안한 태양으로부터 종소리는 노랗게 번져 내려오고, 겁먹은 나귀같이 자신이 그린 보리밭 사이로 천천히 들어간다 머리를 길게 늘어뜨리고 보리밭 위에 제물인 양 드러눕는다

고흐의 여윈 목에서 진한 물감이 콸콸 쏟아지고 있다

녹슨 쇳소리를 내며 불길하게 내려오는 노란 종소리, 노란 종소리, 캔버스에다 덧칠해진 K의 피는 노란색이었다

렘브란트의 어둠

그의 그림은 빛과 어둠으로 짜여 있다
화폭의 중심부까지 밀고 들어오는 어둠,
어둠의 심장부에서 한줄기 빛이 새어나온다
어둠 속에서 삼손도 데릴라도 술잔도 식탁도 고양이도
순순히 걸어나와 빛 가운데 자리잡는다
빛과 어둠의 경계, 그 어름에서
삼손도 데릴라도 술잔도 식탁도 고양이도
세월과 뒤엉켜 강파르게 뒹군다
빛 가운데로 들어온 모든 존재들은
고된 자기 역을 마치고 나면
다시 어둠 속으로 쥐꼬리 모양 퇴장한다
어둠은 사라지는 곳이 아니라 쉬는 곳이다
빛을 감싸고 있는 그의 어둠은
자궁 속처럼 물렁물렁하고 영양이 풍부하다
젖줄기를 닮은 그의 부드러운 빛은
무대에서처럼 캄캄한 하늘
위로부터 내려와 어둠 속으로 스며든다

감자 먹는 사람들

왜정 때 배삼식 씨는 봉화에서 목도질로 먹고살았다.
하루종일 어깨, 허리 무너져라 황장목을 나르고
물감자 한 바케스 받아들고 후들거리며 돌아왔다.
끼니라는 게 야차보다 무서웠다.

뭄바이에 가면 왼종일 옷을 수천 벌 빠는
인간 세탁기 불가촉천민이 있다.
꿀꿀이죽 같은 카레를 허겁지겁 퍼먹을 때도
허리가 펴지지 않는 청년 핫산이 있다.

야생 히아신스를 닮은 채털레이 부인이 사는
영국 중부에 지옥 같은 탄광촌 테버셜이 있다.
날카롭고 사악한 전깃불 밑에서 말을 잃어버린 광부들이
껍질도 안 깐 돼지감자로 허기를 메운다.

누에넹 들판의 시든 야생화 같은
먼지 자욱한 집 속을 고흐가 들여다보고 있다.
두엄 빛깔 옷차림의 농부들이 갈고리 같은 손으로
설익은 감자를 먹고 있다.
서먹서먹한 내면을 희미하게 가려주는 램프,
지친 얼굴들은 서로 쳐다보지도 않는다.

한겨울에도 난방을 못하는

질퍽거리는 우리 안 돼지보다 못한 노인
라면 하나로 하루를 때운다.
노인의 흐릿한 초점 너머로 바퀴벌레들이
말라버린 라면 찌꺼기를 뜯어먹고 있다.

고래사냥

그해 봄 우리들의 붉은 말이 가닿자마자
살아 있는 모든 것들은 미모사처럼 움츠러들었다

우리는 안개보다 모호한 적개심과
맨홀보다 어두운 패배감 사이를 갈팡질팡하며
잔디밭에서 엉겨 김밥말이 놀이를 하곤 했다
가발을 쓰고 강의실까지 들어와서는
소 막창같이 잘 참아내는 전경들도 있었다
수업에도 들어가지 않고 밖에서 포커나 치는
내 몸속에서 하수구 썩는 냄새가 진동을 했다

　　무엇을 할 것인가 둘러보아도
　　보이는 건 모두 다 돌아앉았네

시위대에조차 냉소적인, 웅크린 고슴도치 같은 나날,
날 경찰 끄나풀로 의심하는 선배는 멀찍이서 빙빙 돌았다
남산에 끌려갔다온 친구들은 우리의 영웅이 되었지만
내 안에서 꺾어진 나무줄기에는 물이 쉬이 치솟아오르지
않았다

　　자 떠나자 동해바다로
　　신화처럼 숨을 쉬는 고래 잡으러

고래가 숨을 쉬고 있는 푸른 바다 같은 도시의 새벽,
고래를 잡는답시고 비틀, 비틀, 돌아다녔다
신화처럼 숨을 쉬는 고래 등에
내 속의 꺾어진 나무줄기를 심어보려
소주병 들고 이 골목 저 골목 악쓰며 찾아다니곤 했다
최루탄을 마시고 시뻘겋게 눈알을 내민 적개심과
여전히 그 속을 알 수 없는 패배감 사이에서

과거를 묻지 마세요

　어둡고 괴로웠던 세월도 흘러

세월이란 무대에 사람들이 웅성웅성 모여 있다
지시에 따라 혹은 서 있고 혹은 앉아 있다
혹은 완장을 차고 있고 혹은 경찰복을 입고 있다
징용 갔다 탈출한 내 아버지 같은 농부도 있고
좌익이라 밤낮으로 도망 다녀야 했던 당숙도 있다
빨치산 피해 면소재지로 이사한 아버지,
설날에도 아버지 대신 내가 큰집으로 가야 했다
죽어서도 아버지는 종중산에 묻히지 않았다

　끝없는 대지 위에 꽃이 피었네

무덤가에 한 가족이 어색하게 엉거주춤 모여 있다
벌겋게 술기 오른 하급 경찰 큰아들이
성난 거위 모양 꽥, 꽥 고함지르고 있다
성묘도 잘 안 오는 택시기사 둘째 아들이
심드렁하니 듣는 둥 마는 둥 하고 있다
성난 황소 같은 아버지를 무서워했던 막내아들 혼자
아버지의 죽음을 속으로 애도하고 있다
가슴에 섶불을 안고 떠돈 아버지의 슬픔을 슬퍼하고 있다
독하다는 최씨 무덤가에도 해마다 어김없이
냉이꽃, 제비꽃, 할미꽃이 피고 진다

한 많고 설움 많은 과거를 묻지 마세요

어머니 무덤가에 한 가족이 따로따로 돌아앉아 있다
연출자의 지시대로 서로 쳐다보지도 않는다
퇴직 경찰 큰아들은 힘 빠진 목소리로 잔소릴 늘어놓는다
경비원 둘째 아들은 자리 뜰 궁리만 한다
시간강사 막내아들은 아무 생각이 없다
평생을 과부처럼 산 어머니는 죽기 전에 아버지를 용서
했다
　역시 빈틈없는 연출자의 지시대로,
아버지의 바람은 순전히 병 때문이라며
나란히 묻힐 마음의 준비를 다했다
무덤 밑으로는 끝없이 얼었다 녹았다
무심한 세월 같은 강이 흐른다

시인

詩는 가시 같은 것
세상의 가시를 더듬다
스스로 가시가 되는 사람
목구멍으로 가시를 토해내다 막혀
눈알이 붉거지도록
온몸으로 가시가 삐죽삐죽 비집고 나온다

시는 밥통 속에 삭은 음식물 같은 것
복통 때문에
게워낸 토사물 같은 것
애써 빙 둘러서 피해 가고픈 것
불편한 진실 같은 것

때론 오물을 씻어내고 삭여주는 비와 바람
때론 가시를 밟고 가게 하는 부드러운 힘
말랑말랑한 말의 혀
순한 피를 가진 것

무수히 찔리며
구멍을 키워온 말
말의 푸른 이파리를 뜯어먹으며
둥근 구멍의 힘으로
가시를 뭉그러뜨리는 사람이 있다

2부

봄날 1

바람이 흔들지도 않는데
목련꽃이 저 홀로 떨어지고 있네

마른 우물이 들어앉은 가슴안에서도
꽃잎이 철렁, 철렁, 떨어지고 있네

우물 안에 쪼그리고 한숨짓는 초로(初老)의 사나이,
버석거리는 손바닥으로 떨어지는 봄을 받쳐드네

모래무지

도랑에다 여뀌를 찧어 넣자 거짓말같이 버들붕어들이 둥둥 떠오르곤 했다

모래무지같이 모래 범벅인 아이들이 모래톱에 엎드려 종종 물새알을 품었다

모래무지를 닮아 투명한 아이들이 물새들과 한 둥우리에서 한여름을 지내곤 했다

물새들을 따라 남쪽으로 날아간 아이들은 여름 하늘에서만 볼 수 있는 새 별자리로 돌아왔다

여름 내내 물새자리에서 날아오는 새들은 모래톱이 없어, 우리들 가슴속 개울가에다 둥우리를 치고 알을 낳았다

뱀 알

창자를 도려내듯이 아프다 했다 샘물 때문이라 했다 처녀
때 밭일하다 마신 샘물 때문이라 했다 샘물 속의 뱀 알 때
문이라 했다 엄마는 뱃속에서 뱀이 꾸불텅거려 배가 아프
다 했다 가슴에 섶불을 안고 떠돈 아버지는 몇 년이 가도 집
에 돌아오지 않았다 불룩하니 처진 배를 내어놓고 엄마는
수십 년 묵은 뱀이 새끼를 쳐서 난동을 부린다고 했다 그때
마다 어린 나는 불에 달군 기왓장으로 살살 달래주어야 했
다 그 무렵 우리 동네에는 구렁이가 오래된 대들보 위에서
만 사는 게 아니었다 집 나가 돌아오지 않는 지아비들의 혼
이 구렁이로 들어와 아낙네들 뱃속에다 똬리를 틀고 있었
다 초가지붕이 뜯기고 슬레이트 지붕이 얹힐 즈음 우리 엄
마 뱃속의 구렁이는 약방에서 주는 회색 가루약으로 기막히
게 잘 다스려졌다

우체부 김판술

고흐가 그려준 우체부 룰랭의 얼굴은 진흙 빛이다
올리브 색깔의 구겨진 제복을 입은 룰랭은
아를르의 포도밭 둑길을 늙고 지친 노새처럼 돌아다닌다

우체부 김판술 씨의 얼굴은 해를 넘겨 삭아버린 상수리
열매 빛이다
보릿짚 색깔의 제복을 입은 김판술 씨는 낡은 자전거로
청도의 복숭아밭 둑길을 헉헉대며 오르내린다

룰랭과 김판술 씨의 좁은 어깨는
한쪽으로 기울어진 멍에 같기도 하고 핸들 같기도 하다
경사진 시골길에서 곧 쓰러질 듯 비뚤비뚤거리지만
좌우로 흔들리면서도 중심을 잡아 나아갈 줄 안다
비바람 맞으며 무르익은 나이가 중심이다

나부(裸婦)

물이 탱탱하게 오른 나부가
음부를 살짝 드러낸 채 서 있다
검은 터럭만큼 잎이 무성한
물푸레나무에 기댄 채 서 있다
따오기 모양으로 먼 산을 쳐다보고 있다
마티스의 꿈틀, 꿈틀, 거리는 욕망이
여체(女體)를 통해 뜨겁게 달구어져 나온 욕망이
화폭에다 알록달록 옮겨지고 있다
보름달을 품은 듯 빵빵한 유방을 한 나부에게
머리에 올리브 숲이 들어찬 다른 나부가
경배하듯 머리를 기울이고 있다
멀리서 힘겹게 바다를 건너온 또다른 나부가
달에게 바치듯 한 아름의 꽃다발을 바치고 있다

나부를 보는 나부

우중충한 창 너머로
마른 종려나무가 몇 그루 뻣뻣하게 서 있다
나부는 모로 누워 다리를 꼬고 있다
나부는 이윽이 제 샅을 내려다본다
종려나무에는 없는 푸른색깔이
얼굴에도 유방에도 사타구니 깊숙한 곳에도
거칠게 칠해져 있다

청량리 낡은 아파트 베란다에
화초가 말라 노랗게 바스라진다
대낮 소파에 벌렁 드러누운 나부가 그윽이
마티스의 푸른 나부를 쳐다보고 있다
제 몸을 만지듯 푸른 나부의 둔부를 만지고 있다
푸른 나부를 만지듯 제 둔부를 쓸쓸히 만지고 있다
손끝을 통해 푸른색이 물들어온다
옆구리에도 배꼽에도 사타구니 깊숙한 곳에도
피멍처럼 스며든다

한 나부와 한 나부가 거울 보듯 서로 쳐다본다
한 슬픔과 한 슬픔이 위무하듯 서로 만진다
한 바가지의 눈물 같은 검푸른 빛이
몸에서 몸으로 흘러들어가고 흘러나온다

입춘 지나

새소리에 물이 올랐다

족제비 털 같은 햇살이 가파른 비탈을 쓰다듬고 있다

노인들이 새처럼 먹이를 쪼아먹고 있다

방울새처럼 해종일 재재거린다

너덜너덜해진 마음, 삼동(三冬)을 버텨낸 산새 소리가 기워주고 있다

독방 같은 몸속에서 말의 씨알들이 꿈틀꿈틀 아프게 깨어나고 있다

가물치

　잉어가 유비라면, 가물치는 장비다 가물치같이 팔딱, 팔
딱거리는 녀석이 있었다 중학 때부터 온 등짝에 문신을 새
기고 오토바이를 몰고 다닌 친구가 있었다 붕어처럼 얌전
히 울타리 안에 갇혀 지내지 못하고 중학을 중퇴했다 베니
어판 공장, 중국집, 식료품 도매상을 전전하다 스무 살도 안
돼 온몸 바람뿐인 여자를 꿰차고 돌아왔다 호세 아르까디오
처럼 온 집을 쿵쿵 울리며 들어왔다 가물치 등짝처럼 얼룩
덜룩한 해병대 군복을 뽑아입고 똥폼 잡으며 쏘다녔다 어
딜 가나 재크나이프로 울타리에 금을 긋고 살던 친구, 의리
에 살고 의리에 죽는다며 어깨에 힘주던 경상도 싸나이가
있었다 어린 새끼들은 가물치처럼 단련시켜야 한다고 악을
쓰며 강물 속에서 이종격투기를 가르치다 진짜 가물치가 되
어버렸다

송사리

1급수에서만 산다 개울로 흘러드는 샘물을 먼저 마시려 떼를 지어 율율거린다 물정 모르는 어린애들처럼 순진해서 곧잘 낚인다 어망에 갇히면 가슴이 답답해서 곧장 죽어버리는 녀석들도 있다 성(姓)이 송씨여서 초등학교 때부터 송사리, 송사리라 불린 진짜 송사리같이 맑고 여린 친구가 있었다 탁류 같은 서울은 겁이 나서 못 살고, 대구쯤에서 그것도 한적한 변두리에서 겨우겨우 숨을 몰아가며 살고 있다 초등학교를 떠나지 못하고 문구점을 하며 커다란 두 눈 껌벅이고 있다 고향 떠나 잡어가 다 되어버린 친구들 사이에서 전설이 되어가고 있는 친구, 인터넷에다 '송사리'란 카페를 열어놓고서 여기저기에다 샘물을 퍼나르는 친구, 나 같이 눈이 퇴화된 잡어들을 불러모으고 있다 그 방에 들어가면 누구나 금방 이마가 둥글고 눈이 순한 송사리로 변해버리고 만다

사이프러스

그의 그림은 모두 자신의 자화상이다
해바라기도 생 레미의 포플러도 보리밭 둑의 사이프러스도
한쪽 귀를 잘라버린 얼굴의 눈빛처럼
노랗게 질린 하늘과 해처럼 빙글빙글 타오른다

고흐처럼 늘 주머니가 텅 비어 있는
술병도 의식도 멍하니 텅 빈 이름 없는 화가
오래 감지 않아 불꽃머리가 된 사내가
며칠간 〈사이프러스〉 앞을 서성이다가
신발을 벗어둔 채
큉하니 광기만 남은 그를 만나러
사이프러스 속으로 들어가 숨어버렸다
해 저무는 광활한 대지에 씨 뿌리는 사람과 더불어
씨를 뿌리며 살고 있다
불꽃처럼 이글이글 타오르는 밀밭을 등지고서

귀를 자르듯이
그의 그림을 가만히 잘라보면
소용돌이치는 피가 비릿하게 쏟아져나온다
하늘보다 투명하고 해보다 뜨거운 노란 피가

고갱 1

남국(南國) 붉은 땅에서만 자라는 잎 넓은 나무가
금곡리 감나무를 칭칭 감으며 올라가고 있다

남자들은 다 어디로 갔는지
여자들만 닭싸움 구경을 하고 있다
툇마루에 모여 낄낄거리고 있다
뱁새눈을 게슴츠레 뜨고 늙수그레한 여인들이
독 오른 장닭들을 핥듯이 쳐다본다

남국의 땅처럼 피부가 붉은 여자들이
잎 넓은 나무처럼 길고 긴 팔로
대낮 티켓다방에서 중늙은이들을 휘휘 감고 있다

싸움에서 이긴 피투성이 수탉이
암탉 위에 올라타서 벼슬을 쪼고 있다
늙은 감나무 둥치만한 허리를 한 여인들이
꼴깍, 꼴깍 침을 넘기고 있다
두 손 공손히 모으고 고개를 숙인
월남전 이래 홀로 사는 여자도 있다

해는 동에서 떠서 서로 기울고
아이들과 소들은 아침에 눈을 떠서
어김없이 저녁에 눈을 감는 날들이다

막힌 구멍들이 시원스레 뚫리는 날들이다

고갱 2

물을 갈지 않은 수족관 뒤쪽에
〈타히티 풍경〉이 빛바랜 채 걸려 있다
길벗다방 까무잡잡한 레베카에게는
남국의 플루메리아 암향이 난다
스쿠터 타고 화산리에 배달 나온 김에
홀로 사는 할아버지 집에서 설거지를 해주고 있다
친정 온 맏딸같이 들깨도 털어준다
플루메리아 가지 모양 낭창낭창한 레베카,
홀애비들 자글자글 금이 간 마음을 휘휘 감아준다
읍내까지 심부름도 마다않는 레베카는
늙은이만 남은 동네에서 맛소금이다
비슬산 정기가 뻗쳐내려온 화산리에서는 레베카랑
밤에 은근히 따로 만나자는 할아버지들도 있다
명절날 살짝이 선물을 챙겨주는 딸들도 있다

비릿한

어떤 말은 생쌀같이 씹히고 어떤 말은 밥그릇 속에 든 머리카락 같다 어떤 말은 입가에 묻은 밥알 같고 어떤 말은 눈에 들어간 모래알 같다 애써 생쌀을 씹어 먹게 하고, 머리카락을 밥그릇에 집어넣게 하고, 모래알이 눈 속에 들어가게 하는 말이 있다 허연 눈자위가 핏발 서게 머드럭거릴수록 도드라지는 말들이 있다 종종 핏발이 서본 사람은 일부러 모래알을 집어넣지 않는다 생쌀을 씹어본 사람은 내켜 생쌀을 먹지 않는다 머리카락을 머리에 붙어 있게 하고, 밥알을 밥그릇에 들어 있게 하는 말들을 뒤엎고자 마구잡이 칼을 휘두르는 컴컴한 말들, 패배한 말의 머리통을 밟고 선 점령군 같은 말, 빼앗은 밥그릇을 치켜들고 히히덕거리고 있다 깊고 어두운 데서 솟아나온 말들이 거리거리에 쫘악 깔렸다 비릿한 냄새가 흥건하다

처마가 길바닥에 닿는

사람은 보이는 것만 본다
흙탕물이 휩쓸고 지나간 집 같은 내면은
자세히 들여다볼 때만 겨우 보인다
지리한 인생의 장마 끝에나
슬쩍 보이는 법이다
몸안에 농짝이 뒤집어지고
방이고 마루고 부엌이고
뻘밭이 되어
허옇게 눈알이 뒤집혀본 사람만
작파한 인생의 속을 헤아려본다

나면서부터
작파한 사람들이 모여 사는 동네
햄스터처럼
나면서부터
눈치만 키워온 사람들

등짝에 뿌리가 나도록 놀아본 사람만이
출근하는 척 살금살금
처마가 길에 닿는 집을
몰래 빠져나가는 딸년을 알아채는 법이다
알고도 속아주는 늙은 혜량(惠諒)이
장맛비에도 떠내려가지 않고

거무죽죽한 살집 속에
뼈같이 박혀 있다
길바닥보다 낮은 동네에는

하늘 꼭대기까지 올라가는 계단

하늘 꼭대기에 가닿을 듯 가파른 계단
봉선화, 금잔화, 나팔꽃, 분꽃이
이 동네 옷 색깔과 흡사하게 피어 있다
철거 예정인 빌라에서 내다버린 음식물 쓰레기에
날파리가 황홀하게 달라붙는다
폭격 맞아 죽은 어미의 시체에서 흘러내리는 진물을
악착같이 빨아먹던 영아(嬰兒)처럼.
붉고 노랗고 파란 꽃 색깔 원피스를 길가에 늘어놓고
쇠뜨기 머리를 한 여자가
마주보기 섬뜩한 눈알로 호객하고 있다
저 인상으로 어떻게 한세상 살아왔을까 하는데
누구에게서 나왔는지 의심스러울 만큼 말끄름한,
민어 새끼 닮은 딸이
아귀 닮은 어미의 등을 꼬옥 껴안는다

쓰레기 냄새와 꽃냄새가 분간이 안 되는 이 동네에는
하늘 꼭대기까지 올라가는 계단이
여기저기 넝쿨로 피어 있습니다

폭 삭아버린 홀애비 모양

너덜너덜한 문짝이 삐그덕거린다
오랜 장마에 저승꽃 같은 이끼가
마당을 뒤덮고 있다
반쯤 무너진 담벼락을 따라
맨드라미가 닭 피보다 더 붉은 피를 흘리고 있다
그렁그렁, 진땀을 짜내며
소침장수 홀애비가 가래를 끌어올린다
목줄에 힘을 모을 때마다
머리가 뱀 대가리를 닮아 곤추선다
구겨지고 변색된 사진 같은 풍경이
폭 삭아버린 홀애비 모양, 기우뚱 서 있다
뱀처럼 훌렁 벗어버리고 싶은 이 허물

오뉴월 달구어진 콘크리트 바닥을

여자의 얼굴이 도깨비 상(相)이다
여행용 가방 하나 열어놓고
상표도 없는
원색 브래지어와 팬티를 팔고 있다
저 얼굴로 살아왔을 한평생은
캄캄한 동굴 속일지도 모른다
도대체 무얼 찾아가는지
노점 옆으로 지렁이 한 마리가
오뉴월 달구어진 콘크리트 바닥을
느릿느릿 기어가다 말라비틀어지고 있다
지렁이처럼 아무 생각 없이,
유치원생 여자아이가
발로 가만히 문질러보고 있다
生이 너무나 버거운 것들,
몽땅 문질러버리고 싶은 삶, 세상에는
태어나지 말았어야 할 것들도 있긴 있는가
돌아갈 집이 영영 없는 것들도 있는가

소성(塑性)만 있는

배춧잎에서 떨어진 애벌레 모양 오그라들었다
참새보다 적게 생각하며 살기로 길들여졌다
탱탱한 욕정도 쭈글쭈글한 절망도 꾹꾹 눌러 삼켜버리고
꾸어다놓은 보릿자루처럼 조용조용 한 귀퉁이에 처박혀
있을 뿐
발로 걷어차이면 무너질망정 터지지 않는 生,
무너지는 生의 보푸라기들이 회색빛 불만의 소리를 내며
바르르 떤다
11월처럼 우울하고 불안한 그들,
울룩불룩한 몸 안에서 쥐새끼들이 우글거리며 이따금 밖
을 노려볼 때도 있다
깊고 어두운 데서 쩝쩝거리고 쩍쩍거리지만 이빨을 드러
낼 줄은 모른다
누르면 누르는 대로 푹푹 들어가기만 하는
고무공처럼 통통 튀어나오지 못하는
헐렁한 영혼들, 소성만 있는

풍각장

쪼그라든 바위떡풀을 닮은 노인들이
더덕을 내다팔고 있다

장보는 이보다 장꾼이 더 많은 시골장
휑하니 빈 장터에 소소리바람이 인다

이 세상 굴러가는 속도에 떠밀려
목을 길게 빼고 식물성으로 늙어가는 사람들

지친 해가 숨넘어가는 저녁 어스름 노인들의 그림자가
등 굽은 다래나무 지팡이처럼 홀쭉하니 길다

팔리지 않은 가난의 보따리를 껴안고
죽은 굴피나무 속 같은 둥지로 돌아간다

참꽃 같은

속이 텅 빈 말의 배를 눌러
시를 게워내게 하고 싶지 않다
사물의 껍질에서 끝없이 미끄러지고 마는 말로
시를 주물럭거리고 싶지는 않다
염통이 팔딱팔딱거리는 말로
구멍투성이 말랑말랑한 말로
통통하게 살이 오른 말로
참꽃 같은 시를 낳고 싶다
참말로 먹을 수 있는 시를

말의 집

살아 있는 집
말로 지은 집
그의 시에는 보신탕 냄새가 난다
마늘 냄새, 김치 냄새도 난다
썩지 않도록
소금으로 간도 쳐져 있다

사람 때문에 무너지지 않는
사람의 이야기가 지붕이 되고 서까래가 되어
견고히 서는 집
귀가 두툼하게 커가는 집
품이 넉넉한 집
참새들이 홍시처럼 매달려 있는

물렁물렁한 집, 그의 시는
신경을 찢는 소음을 삼켜서
계곡물 소리로 만들어낼 줄 안다
폐유를 들이마시고 삭여낼 줄을 안다
구멍투성이 그의 시는
해머 같은 폭력을 받아낼 줄을 안다
바보처럼 웃기만 하는
위대한 소성(塑性)이 있다

3부

봄날 2

대낮에 켜진 가로등처럼
벚꽃이 너무 눈부셔 쓸쓸한 봄날,
모래먼지 풀풀 날리는 그녀의 봄날이
삽날에 잘린 지렁이처럼 그렇게
말라비틀어지며 기어서 간다
길이 보이지 않는 가슴속에서
이리 비뚤, 저리 비뚤, 서둘러서 지나간다
천지사방을 할퀴며 간다
그녀의 봄은 칼날을 품고 있다 때론
아플 정도로 황량해서 아름다운 生도 있다

땡볕에 시든 익모초 모양

토사물을 뒤집어쓴 잡초가
시멘트 기세에 꺾여 시들시들하다.
버려진 개가 절뚝거리며
토사물을 핥고 있다.
낼모레 철거될 슬레이트 지붕의 점집 앞
검게 탄 뻥튀기장수와 약초장수가
장기를 두다 졸고 있다.
땡볕에 시든 익모초 모양.
헐떡거리며 가파른 계단을 오르고 있는 저 뚱뚱한 노인,
뒤에서 덮치고 있는 죽음의 속도보다
느리게 걷고 있다.
숨쉬듯 들이켜는 이 낯익은 풍경

집으로 가는 길이 낯설기만 하다.

껍데기를 벗어버리지 못하는

폐에 구멍이 뻥뻥 뚫린 노인이
몰래 최음제를 흡입하고 있다
썩은 고추씨 같은 반점이 무수히 박혀 있는
시들시들하게 껍질만 남은 몸,
며느리 해산날인데도
개 껍데기를 굽고 있다
천지사방을 움켜잡고 끌어당기는
육신 속 무한 허공을 채우고자
아귀같이 먹어치운다
노린내가 최음제 모양 온몸으로 파고든다
여성지 모델을 향해
혼자서 할딱거리고 있다
복더위에 진액을 짜내고 있다
발정난 바퀴벌레같이,
살아 있음을 확인하기 위해

껍데기를 벗어버리지 못하는 이 혼몽한 형벌이여!

마포종점

강 건너 공장에 영혼을 찌를 듯한 불빛,
푸른 새벽 실밥처럼 풀어져 돌아오곤 했다
희뿌연 백열등 아래서도 박쥐처럼 오그라드는 누나는
불도 켜지 않고 쓰러져 누웠다
간호보조원 시절부터 그랬다
언제나 실밥처럼 툭, 툭 끊어지는 삶,
도무지 모아지지 않는 삶을 끌어모으려다
그만 확, 불 싸질러버리고 싶은 때가 있었다
별수없이 그냥 살아내야 했던 나날들이
자갈길에 경운기 지나가듯 갔다
오늘도 마포를 떠나지 못하고 용강동 식당에서
허드렛일이나 하고 있는 누나,
쭈글쭈글한 마음속에 추적추적 겨울비가 내린다
희미한 잿빛 욕망조차 놓아버린 나의 누나,
타박타박 인생의 종점을 향해 가고 있다
추억의 먼지 자욱한 유리창 너머로
강 건너 영등포의 불빛이 모과빛으로 아른거린다

  비에 젖어 너도 섰고 갈 곳 없는 나도 섰다
  강 건너 영등포의 불빛만 아련한데

애수의 소야곡

　운다고 옛사랑이 오리요마는

장인이 무얼 해 먹고살았는지
아내는 도통 말해주지 않는다.
얼굴에 쓸쓸한 바람이 이는 장인은
술기 오르면 곧잘 남인수 노래를 불렀다.
오염된 바닷물처럼 시커먼 세월에 부대끼다
가난하게 돌아가신 장인 나이의 아내는
생전 안 보던 가요무대를 다 본다.
〈애수의 소야곡〉을 듣다 갑자기
고향엘 가고 싶다 한다.
초등학교 가는 길에 탱자울과 보리밭,
문둥이가 숨어 있다던 광안리 그 너른 보리밭이
자꾸 눈에 밟혀온다고 한다.
아버지처럼 바람이 술술 새는 집이 보고 싶고
겨울 바닷바람에 광목처럼 펄럭이던
중학교도 못 간 친구들이 보고 싶다 한다.
검정물 들인 싸구려 양복처럼
헐렁해서 속이 꽉 들어찬 풍경이 보고 싶다 한다.

노래도 영화도 슬픈 시절이 있었다.
코미디 웃음조차 슬픈 시절이 있었다.

바람도 문풍지에 싸늘하고나

지렁이만큼이나 외롭고 쓸쓸하게

마당 저쪽 채송화가 먼지를 두껍게 뒤집어쓰고 있다
여우비에 반쯤 씻기다 말고 얼룩얼룩하다
한때 빨치산에 부역했다
머슴, 소작농, 칼갈이, 노가다로 전전하다
노점상으로 생을 마감했다
조문객도 드문드문한데 하나뿐인
플라스틱 화환이 가을빛에 바스라진다
건너편에 뭐가 있길래 앞도 못 보는 지렁이가
마당을 가로질러가다 조문객 발에 밟혀 허리가 잘렸다
개미떼가 잽싸게 달려들어 뜯어먹고 있다
색 바랜 인조 화환 밑으로
외롭고 쓸쓸한 지렁이의 장례 행렬이 길다
모래바람 서걱거리는 이 메마른 세상
가늘고 긴 목숨, 지렁이처럼 이어왔나
무엇에 이끌려 여기까지 헐떡헐떡 기어왔나
동굴 속은 한낮에도 캄캄하다

너무 아픈 사랑은

러브스토리가 전설로 내려오는 평론가 김윤식은
세상에 성공한 사랑도 있을까, 라고 당돌하게 썼다
운명이란 가혹한 이름으로
서로의 심장을 파먹는 사랑도
미쳐 죽어도 좋다는 사랑도
미쳐 날뛰다가 죽는 사랑도 봤다
죽어서도 날뛰는 사랑을 본 적도 있다

　　너무 아픈 사랑은 사랑이 아니었음을

우리 시대의 시객(詩客) 문정희는
모든 사랑은 첫사랑, 이라고 썼다
막판에는 가슴이 막혀 죽어버릴 것 같은 게 첫사랑인데
어쩌자고 겁도 없이, 그렇게 썼다
대신 죽어도 좋다며 서로가 내뱉은
감당할 수도 없는 말들도 봤다
그 말들이 돌아서자마자
사금파리같이 할퀴는 말들로 변신하는 것도 봤다
신음도 눈물도 터져나오지 못해 안으로 안으로만 파열하는
하, 붉디붉은 이별을 본 적이 있다

　　우리 다시는 사랑으로 세상에 오지 말기
　　그립던 말들도 묻어버리기 묻어버리기

청학리행 마을버스를 기다리는

화중 때문인지
새카맣게 타들어갔다
천 원짜리 잡동사니들을 펼쳐놓고 어디서
어슬렁어슬렁 이 더위를 피하고 있나
신경질적으로 옷 속에다 부채질하던 사내 보이지 않는다
청학리행 마을버스를 기다리는 사람들
잡동사니 옆으로 뱀 꼬리를 이루고 있다
지친 표정으로 서로 적의를 내뿜고 있다
청학리에는 청학(靑鶴)이 있는가
어디메쯤 헤매고 있는가
도처에 길이라는 이름은 있지만
집은 좀처럼 보이지 않는다

희망촌 3길

시멘트 독을 먹고 자란 이끼가
갈라터진 담벼락에 검게 눌러붙어 있습니다
봉두난발한 전선 밑으로
접시꽃, 나리꽃, 분꽃 등
토종 꽃만 피었습니다
꽃냄새는 나지 않고 마른장마인데도
물비린내, 쇠 썩는 냄새, 하수구 냄새, 똥냄새가 진동합
니다
최근 한 라인에서 두 명의 남자가 몸을 던진
고층 아파트랑 10미터 거리밖에 안 됩니다
오소리 굴 같은 희망촌 골목을 요리조리 오르다보면
런닝구, 파자마 바람으로 부채질하고 있는 노인들이 보
입니다
높이 오를수록 집은 낮아지고 마음도 낮아집니다
낮아진 마음은 새들처럼 거리낌이 없습니다
산꼭대기까지 올라온 조그만 교회의 첨탑
하늘에서 가장 가까운 동네입니다
개 짖는 소리에도 깜짝깜짝 놀라는 나는
이 동막골에서 영원한 이방인입니다
높지도 못하고
외롭고 쓸쓸하기만 한 시인입니다

목로주점

젓가락 장단으로 사발을 두드리며
사발 깨지는 소리로 악을 쓰던 때가 있었다
이름만 들어도 가슴이 쩌르르해오는 집,
퀴퀴한 지하 주점 녹두집이 있었다
빛을 피해 바퀴벌레같이 숨어들던 집,
우리의 흙바람벽 같은 주모가 있었다
세상 어디에나 있는, 이모 같은

　　월말이면 월급 타서 로프를 사고
　　연말이면 적금 타서 낙타를 사자

이제는 호프집에서 술값을 서로 내겠다는 친구들이다
광고주 만나러 다니면서 간을 버리고도
여전히 원수 갚듯이 술을 마셔대는 친구가 있다
보약 먹어가며 학원 강사 한다는
감옥에 두 번 갔다 와서는 속으로 골병든 친구도 있다
검사시보 하다 우울증으로 먼저 간 친구 기일에
북한산 둘레길 걷자는 친구들도 있다 내친김에
큰맘 먹고 고비사막 가자는 친구들도 있다

　　그래 그렇게 산엘 오르고
　　그래 그렇게 사막엘 가자

썩어 문드러질 거죽만 남았나

국밥장수 악 쓰는 소리, 뿔처럼
허공에다 길게 찔러보는 외마디 소 울음소리
흥정하는 소리가 뒤섞여 와글와글
흔들어대는 구슬 소리처럼 끓어오르던 우시장
잡초만 무성하다
작부들은 암고양이처럼 흩어지고
작부집만 삭은 채 월셋집으로 바뀌었다
한때 거간꾼으로 고함깨나 지르던 차영감,
지팡이로 간신히 버티고 있다
구부러진 몸 안에 이미 저쪽 세상이
반쯤 들어와 자리잡았는지
죽음을 코앞에다 둔 늙은 개 모양
눈빛이 섬뜩하게 다가와 꽂힌다
무얼 위해
한평생 헐떡헐떡 달려왔나
썩어 문드러질 거죽만 남았나
돌아갈 집을 얻지 못해 쉼도 없는

입구도 모르는

커피 전문점보다 여전히
다방이 더 익숙해서 들어가기 편한 동네
쭈글쭈글한 인생들이 대낮부터
지하 88다방에 죽치고 앉아
금붕어처럼 뻐끔뻐끔거리고 있다
쉽게 열었다 금세 망하는 미장원들만 있고
기껏해야 하루방 똥돼지, 삼겹살집만 있다
새로 들어온 대형 할인마트가 문어처럼
이 누추한 동네 구석구석에다
빨판을 들이대고 돈을 흡착한다
어디서 냄새 맡고 왔는지
뉴타운 재개발 부동산업자들이
피라냐처럼 우글거린다
이 동네에도 영수(英數)학원 버스가 들락거리고
폐지 팔아 만든 돈 뜯어가는 아들이 있고
간통이 있고 집 나간 여편네가 있다
천막 지붕의 구멍가게에서는 여느 동네와 마찬가지로
먹고 싸는 데 없어서는 안 될 생필품들을 팔고 있다
건달이 많아 당구장이 잘되고
3천 원짜리 손칼국수가 잘 팔리는 동네
내가 결코 들어갈 수 없는
입구도 모르는 이 동네가 뜯기면
끽 소리도 못하고 짓뭉개져서

어디로 흘러가 사라지나, 사라지나 ―

―

고갱 3

금곡리 임씨는 허리가 굵고 다리도 굵다
나른한 피부의 타히티 여자처럼 굵다
작달막한 키에 납작한 코로 평생 혼자 살아온 임씨는
5일장에서 파는 싸구려 원색 치마를 입었다
남양(南洋)으로 수출되는 붉고 푸른 치마를 입었다
긴 주름치마에 새로 산 굽 높은 구두를 감추고 임씨는
고샅길을 걸어 뒤뚱뒤뚱 고갱의 화실로 간다
타히티 여인처럼 동네 사람 눈치도 안 보고 간다
머리에 장미를 플루메리아처럼 꽂고
물기 많은 타히티 여인의 눈빛으로 앉아 있다
아르바이트로 반찬값이나 버는 임씨의 빈약한 삶이
금곡리 뒷산 다복솔보다 짙게 칠해져 있다
화폭에서 플루메리아 암향이 배어나온다

동사리

동사리는 우리 고향에서 뻐구리라 불리는 물고긴데, 멍청하게 생겨먹었다 해서 멍텅구리, 바보고기라는 애칭도 가지고 있다 개울이나 연못의 둑 밑에 지킴이 모양 납작 엎드려 산다 해서 둑지개, 뚝지, 개뚝지란 별칭도 얻어가지고 있다 꼼짝 않고 눈만 말뚱말뚱거린다고 도둑놈, 꺽정이란 험한 이름도 달고 다니지만 인간보다는 맑은 피를 가지고 있다고 저들끼리 자부하고 있다 시골 친구 중에 뚝심이 센 뚝지 같은 녀석이 있었다 한번 책상에 눌러앉으면 고래풀로 붙인 것처럼 찰싹 달라붙어 있었다 고향에다 치과를 열어놓고 낮게 엎드린 채 둑지개처럼 살고 있는 그는 개울에다 자기 새끼 닮은 동사리 치어들을 풀어놓곤 한다 무료 시술 받으러 온 노인들 앞에서 아, 하세요 하고 꺽정이같이 넓은 입을 쩌억, 벌릴 때마다 바보물고기 어린 새끼들이 혓바닥 위로 쌀쌀 쏟아져나오곤 한다

은어(銀魚)

동창천 은어를 닮은 아이가 귤껍질을 까서
개미에게 아파트를 지어주고 있다
이마가 맑고 눈이 순한 사내아이가
화분에서 혼자 기어나와 길 잃은 개미를 사랑해서
베란다에 햇살 줄기가 명주실로 쏟아져내린다
천리향 향기를 마시고 햇살이 마들렌처럼 통통해진다
통통한 봄 햇살을 받아먹은 아이,
은어가 되어 옆구리를 희번덕이며 헤엄쳐 간다
폭포수 같은 햇살 속을 날아 천리를 간다

야생화 병(病)

가을이면 내 안이 텅텅 비어가는 병,
몇 년째 야생화를 보지 못해
몸속에서 쓸쓸하게 졸아들고 있는 물소리
햇볕도 돈으로 사야만 하는 이곳
인테리어 소품같이 디자인된 자연 속에서
바삭바삭 말라가는 병

개구리밥처럼 떠도는 내 몸안에
남아 있는 모든 물이 온통 붉게 쏠려가는 쪽에
첫사랑을 닮은 구절초가 피어 있다

떡갈나무 잎에 반짝이는 햇살만이
무더기로 거저 받는 햇살만이
새털구름, 쑥부쟁이, 수리취, 구절초만이 치료해줄 수 있는
야생화 병 환자
이 도시의 마가렛이 아닌 고향 들판의 구절초가
바닥이 드러난 내 마음에 물을 길어 올리는 소리
울퉁불퉁한 내 生의 실개천을 따라
한 떼의 버들치가 돌아오고 있다

남부정류장

그곳에 가려면
노숙자처럼 냄새가 풀풀 나는
남부정류장에서 타고 가야 한다
낡고 털털거리는 완행버스를 타고 가야 한다
청도, 풍각, 각북, 지슬……
듣기만 해도 가슴 저려오는 추억 속의 스카브로

모퉁이에 다소곳이 앉아 졸고 있는 저 노인도
한때는 동성로 바닥을 동창천 쏘가리처럼 쏘다녔을 게다
구멍난 주머니에서 모래알 빠져나가듯
다 새어나가버린 쭈글쭈글한 인생
버려진 악기인가 아직 살아 있다는 소리인가
방귀, 하품, 트림, 꼬르륵 소리를 연거푸 내고 있다

변기가 막혀 똥이 쌓여도 별수없이
그 위에다 똥을 싸야만 하는 남부정류장의 화장실 같은
인생들이
이 정류장을 통해 대도시로 진입했다
이 정류장을 통해 퇴출되고 있다

그곳에 가려면
한겨울에 모래바람만 서걱거리는
텅 빈 남부정류장으로 가야 한다

쓰레기 치워지듯 밀려나가지 않으려면,
까치밥 모양 남아 있는 마을마다 다 멈추어 서는
보퉁이를 안고 달려오는 아낙네를 마냥 기다려주는
완행버스로 갈아타야 한다

쥐를 잡는다고 제 머리카락을 쥐어뜯는 여자가
시간의 바퀴에서 튕겨져나간 여자가
떠나는 버스마다 초점 없는 눈길로 쳐다보고 있는

십일월

겨울잠에 들지 못한 뱀인가
그의 차가운 몸에 파랗게 비늘이 돋는다

괄호 속에 끼인 십일월같이 우울한 生,
안개에 묻어 눅눅하게 그냥 스쳐지나가고 있다

서리에 감잎이 붉게 타오르다 떨어지듯, 왜 십일월에는
모든 것이 한순간에 떠나가야만 하나

집은 늘 돌아서 있고, 왜 맨날
꿈에서조차 오줌을 누지 못해 쩔쩔매고만 있나

해설

삶과 서정의 뿌리

이혜원(문학평론가)

1. 세상의 가시와 말의 혀

최서림 시인이 등단한 지 20여 년 만에 여섯번째 시집을
내놓았다. 그는 시론가로서도 활발하게 활동하면서 시의 창
작과 이론 사이에서 절묘하게 균형을 유지해왔다. 시 창작
과 이론에서 그는 일관된 관점과 태도를 보여준다. 그는 우
리시의 본류에 해당하는 서정시의 힘과 아름다움을 탐구해
왔고 자신의 시를 통해서도 그것을 추구해왔다.

20여 년간 지속된 그의 시세계는 하나의 축을 중심으로
반복과 변화를 거듭하며 나선형으로 진행되는 양상을 보인
다. 그의 시에서 변하지 않는 중심축은 삶과 말에 대한 관심
이다. 그가 관심을 두는 삶은 대개의 서정시에서 중심을 이
루는 개인적 차원에 한정되지 않는다. 그는 첫 시집『이서국
으로 들어가다』(문학동네, 1995)에서 집중적으로 보여주었
던 바와 같이 고향 사람들에게서 발견한 삶의 원형에 대한
탐색을 지속해나가고 있다. 고대 부족국가였다는 이서국의
흔적이 옛 문헌의 한구석에만 흐릿하게 자리잡고 있는 것
처럼 유토피아는 부재한다고 보며, 거칠고 궁핍한 삶을 현
실로 직시하는 것이 시인의 기본적인 시선이다. 그러면서도
이서국의 후예인 고향 사람들이나 살아오면서 만난 많은 불
우한 인생들을 끈끈하게 지탱하고 있는 삶의 저력이 무엇인
지에 대한 탐문을 그치지 않는다.

시인으로서 그리고 시론가로서 그는 언어에 대해서 남다

른 관심을 보인다. 언어는 시의 질료일 뿐 아니라 의사소통의 기본적인 방법이다. 그는 가시처럼 거칠고 험한 말로 가득한 세상의 언어를 관찰하는 데서 그치지 않고, 시의 언어는 그러한 말을 감싸고 어루만지는 물렁물렁한 혀의 역할을 해야 한다고 생각한다. 서정시야말로 삶의 상처와 비애에 공감하면서도 그 본바탕을 탐구하고 치유와 각성의 언어를 실현할 수 있는 저력을 지닌다고 보고 그 가능성을 추구해나가고 있다.

2. 시간의 원근법

최서림 시가 삶과 말에 대한 관심을 중심축으로 하여 나선형으로 전개되었다고 볼 때 그 차이는 주로 연륜에 따른 관점의 변화에서 발생하는 것으로 보인다. 시간의 변화에 따른 관점의 차이가 확연하지 않던 이전 시들에 비해 점점 기억의 원근법이 작용하는 경우가 많아지고 있다.

1급수에서만 산다 개울로 흘러드는 샘물을 먼저 마시려 떼를 지어 올올거린다 물정 모르는 어린애들처럼 순진해서 곧잘 낚인다 어망에 갇히면 가슴이 답답해서 곧장 죽어버리는 녀석들도 있다 성(姓)이 송씨여서 초등학교 때부터 송사리, 송사리라 불린 진짜 송사리같이 맑고 여린

친구가 있었다 탁류 같은 서울은 겁이 나서 못 살고, 대
구쯤에서 그것도 한적한 변두리에서 겨우겨우 숨을 몰아
가며 살고 있다 초등학교를 떠나지 못하고 문구점을 하며
커다란 두 눈 껌벅이고 있다 고향 떠나 잡어가 다 되어버
린 친구들 사이에서 전설이 되어가고 있는 친구, 인터넷
에다 '송사리'란 카페를 열어놓고서 여기저기에다 샘물을
퍼나르는 친구, 나같이 눈이 퇴화된 잡어들을 불러모으고
있다 그 방에 들어가면 누구나 금방 이마가 둥글고 눈이
순한 송사리로 변해버리고 만다

—「송사리」 전문

이 시에서 볼 수 있듯이 화자의 진술에서 시제는 시간의
원근법에 따라 정확하게 구분된다. 첫 부분은 송사리의 생
리에 대한 사실적 진술이기 때문에 현재형으로 씌어 있다.
"성(姓)이 송씨여서 초등학교 때부터 송사리, 송사리라 불
린 진짜 송사리같이 맑고 여린 친구가 있었다"는 부분은 초
등학교 시절의 기억이기 때문에 과거형으로 나타낸 것이다.
초등학교 이후부터 현재까지의 시간은 현재형으로 진술해놓
았는데 그 안에서도 미묘한 시간차를 드러내고 있다. "되어
버린"과 "되어가고"의 차이 같은 것이 그러하다. 수십 년 세
월 동안 "고향 떠나 잡어가 다 되어버린 친구들"이 있는가 하
면 여전히 고향을 지키며 "전설이 되어가고 있는 친구"가 있
다. 마지막 부분에서는 그 친구가 열어놓은 인터넷 카페를 드

나드는 현재의 심경에 대해 "그 방에 들어가면 누구나 금방
이마가 둥글고 눈이 순한 송사리로 변해버리고 만다"며 한
결 세심한 현재형 시제로 표현하고 있다. 산문체로 이루어진
시의 몇 개 문장 안에서도 시간의 편차가 분명하게 드러나며
입체적으로 작용한다.

시간의 원근법에서 중심이 되는 것은 단연 현재의 시인
이다. 위의 시에서 "나같이 눈이 퇴화된 잡어들"로 표현
된 시인 자신이 현재로부터 시간의 거리를 가늠하는 기준
이 된다.

바람이 흔들지도 않는데
목련꽃이 저 홀로 떨어지고 있네

마른 우물이 들어앉은 가슴안에서도
꽃잎이 철렁, 철렁, 떨어지고 있네

우물 안에 쪼그리고 한숨짓는 초로(初老)의 사나이,
버석거리는 손바닥으로 떨어지는 봄을 받쳐드네
—「봄날 1」 전문

현재형 시제로 일관하는 이 시에서 시간의 중심은 "초로
(初老)의 사나이"로 표현된 시인 자신이다. "바람이 흔들
지도 않는데" 저 혼자 떨어지는 목련꽃은 생명의 유한성

에 대한 명백한 상징이다. 마른 우물 같은 가슴속마저 흔들어댈 정도로 유한성의 자각은 선연하다. 이 사나이는 지금 우물을 들여다보며 자아를 성찰하고 있다. 우물을 통해 자신의 생애를 회고하고 있는 사나이의 자세는 편치 못하다. 고작 "쪼그리고 한숨짓는"다. 회한 가득한 삶 앞에는 냉혹한 조락의 시간이 대기하고 있다. 가슴만큼이나 버석거리는 손바닥으로 그는 안타깝게 저무는 봄의 한 자락을 받쳐든다.

나이들어가는 자신을 의식하기 시작하면서 시인은 시간에 대한 예리한 각성을 드러낸다. 오래된 기억과 현재의 시간적 편차를 가시화한다.「검은등뻐꾸기」「모래무지」「가물치」「동사리」 등 유년의 체험이 주축을 이루는 시들에서는 뚜렷한 장면 묘사와 과거형 시제가 어울려 기억 속에 각인된 과거의 시간을 환기한다. 유년 체험은 기억의 원형을 이루며 시간의 원근법에서 까마득하게 먼 과거의 지점에 자리잡고 있다. 주로 놀이의 체험으로 가득한 유년의 기억은 천진하고 충만한 삶의 원형을 재현한다.

유년의 기억을 지나면 불만과 불안이 가득했던 젊은 시절이 스쳐간다. "우리는 안개보다 모호한 적개심과/ 맨홀보다 어두운 패배감 사이를 갈팡질팡하며/ 잔디밭에서 엉겨 김밥말이 놀이를 하곤 했다"(「고래사냥」)와 같은 회고를 통해 젊은 시절의 어둡고 흐린 기억을 엿볼 수 있다. 이번 시집에서는 젊은 시절의 기억이 드러나는 시가 거의 없고 유년이나 현재의 삶을 그린 시들이 주를 이룬다. 최초의 기억과 최근의 기억이 축을 이루며 시간의 지층을 형성하고 있는 셈이다. 현재의 시인은 자신이 초로에 접어들었다고 느끼며 회한에 젖는다. "삶의 피멍들이 스르르 풀려나온다"(「자화상」), "괄호 속에 끼인 십일월같이 우울한 生"(「십일월」), "울퉁불퉁한 내 生의 실개천"(「야생화 병(病)」)에서와 같이 현재의 시인은 지나온 삶의 굴곡을 돌아보며 쓸쓸한 정서에 사로잡힌다. 시간의 유한성을 예리하게 자각하며 삶의 근원적 의미를 파악하려 한다.

3. 황량해서 아름다운 생

시인이 자신을 비롯한 사람들의 삶을 유심히 들여다보며 느끼는 삶의 본질은 고달프고 쓸쓸하다는 것이다. 그의 눈길은 대개 가난하고 힘겹게 살아가는 사람들을 향해 있다. "사람은 보이는 것만 본다/ 흙탕물이 휩쓸고 지나간 집 같은 내면은/ 자세히 들여다볼 때만 겨우 보인다"는 것을 그는 안다. "지리한 인생의 장마 끝에나/ 슬쩍 보이는 법"이라는 황막한 삶의 풍경에 그는 일찌감치 친숙해져 있다. 이서국이었던 고향 마을 사람들의 다채로운 삶을 추적하는 데서 촉발된 타인들에 대한 남다른 관심은 현실에서 마주치는 많은 이웃들에 대한 관심으로 이어지고 있다. 그의 눈길은 특히 "길바닥보다 낮은 동네"(「처마가 길바닥에 닿는」)의 적나라한 광경에 머문다. 삶의 끝자락에 내몰린 가난하고 소외된 사람들에게서 그는 자신이 보고자 하는 것을 본다. 그것은 꾸미지 않은 삶의 맨얼굴이다.

가난 속에서 표출되는 삶의 근원적 국면들은 더욱 강렬하다. 「감자 먹는 사람들」에서는 시간과 공간의 차이를 넘어 가난한 사람들이 공유하는 삶의 풍경을 그리고 있다. 왜정 때 배삼식 씨가 온종일 황장목을 나르고 받아먹던 물감자, 뭄바이의 불가촉천민 핫산이 허리도 펴지 못하고 먹는 꿀꿀이죽 같은 카레, 영국의 탄광촌 테버설의 광부들이 허기를 메우던 돼지감자, 누에넹 들판에서 농부들이 갈고리 같은 손으로 먹던 설익은 감자, 한겨울에 난방도 못하는 가난한 독거노인이 하루 끼니를 때우는 라면 등 가장 가난한 자들의 음식이 나열되면서 황막한 분위기를 이룬다. 음식이 생존의 위기와 직결될 정도로 참담한 가난은 삶의 적나라한 본질을 들추어 보인다. 시인은 포장이 뜯긴 삶의 모습을 통해 그 본래의 바탕을 만나려 한다.

가장 낮은 곳에서 볼 수 있는 처절한 삶의 양태는 일종의 비장미를 발산한다. 고흐의 그림 〈감자 먹는 사람들〉에서 거칠고 투박한 손으로 감자를 먹는 데 몰입하고 있는 가난한 사람들의 모습은 삶의 핍진성과 결합된 숭고미를 불러일으킨다. 시커먼 어둠을 버티고 있는 램프 불은 그들의 삶을 이끄는 끈질긴 의지를 연상시킨다. 어둠이 짙을수록 빛이 두드러지는 것처럼 삶이 궁핍할수록 생존의 몸짓은 치열

하다. 막중한 삶의 무게를 견디며 지속되는 끈질긴 생존의
몸짓은 비장하다.

> 대낮에 켜진 가로등처럼
> 벚꽃이 너무 눈부셔 쓸쓸한 봄날,
> 모래먼지 풀풀 날리는 그녀의 봄날이
> 삽날에 잘린 지렁이처럼 그렇게
> 말라비틀어지며 기어서 간다
> 길이 보이지 않는 가슴속에서
> 이리 비뚤, 저리 비뚤, 서둘러서 지나간다
> 천지사방을 할퀴며 간다
> 그녀의 봄은 칼날을 품고 있다 때론
> 아플 정도로 황량해서 아름다운 生도 있다
>   ―「봄날 2」 전문

눈부실 정도로 화사한 봄날과 대비를 이루어 '그녀'의 누
추한 삶은 더욱 처연하게 느껴진다. 최서림의 시에는 길이
보이지 않을 정도로 막막한 상태로 살아가는 밑바닥 인생이
자주 등장한다. 도깨비 상의 얼굴로 길가에 좌판을 펼쳐놓고
있는 여자는 "저 얼굴로 살아왔을 한평생은/ 캄캄한 동굴 속
일지도 모른다"(「오뉴월 달구어진 콘크리트 바닥을」)는 생
각을 불러일으킬 정도로 황량한 모습을 하고 있다. "쪼그라
든 바위떡풀을 닮은 노인들이/ 더덕을 내다팔고 있다"(「풍

각장」)에서 떠올릴 수 있는 장면도 쓸쓸하기 그지없다. 시인은 가난, 고독, 죽음과 같은 감당하기 버거운 상대와 대면하여 고군분투하는 삶의 현장에 이끌린다. 그곳에서 칼날처럼 빛나는 생의 투지를 보며 전율한다. 처절한 비애와 고독이 내포하고 있는 비장미를 발견한다. "아플 정도로 황량해서 아름다운 生"이란 삶의 비의이자 절묘한 아이러니이다. 아름다움은 필연적으로 삶의 유한성과 결부되어 있고 불멸의 욕망과 필멸의 운명이 맞닿는 날카로운 모순 속에서 더 빛나기 때문이다. 거센 운명의 격랑 끝에 겨우 존재하고 있는 생명들의 간절한 몸짓에서 시인은 가장 절실한 삶의 미학을 발견한다.

4. 비애의 감각

시인으로서 그는 소외된 삶에 내재하는 핍진성에 이끌리지만 늘 그것과 유리되어 있는 자신에 대한 자괴감에 휩싸이기도 한다. "내가 결코 들어갈 수 없는/ 입구도 모르는 이 동네가 뜯기면/ 끽 소리도 못하고 짓뭉개져서/ 어디로 흘러가 사라지나"(「입구도 모르는」)에서 토로하고 있는 것처럼 이방인으로서 관조하기만 했던 누추한 이웃들의 불안한 미래에 대해 안타까워한다. "지도에 점 하나 찍지 못하는 마을처럼 남겨진"(「설한(雪寒)」) 사람들의 미미한 존재와 간절한 삶의 자세에 자꾸만 이끌린다. 소외된 자들의 애환이 드러나는 삶의 장면들은 무엇이든 그의 마음을 사로잡는다. 비록 이방인에 지나지 않을지라도 시로써, 또 예술적 표현으로 그들의 삶을 살려내려 한다.

그의 시에서는 그림을 통해 소외된 자들의 삶을 표현하는 방식이 자주 활용된다. 이전의 시집에서도 '박수근' 연작을 통해 그림과 시의 융합을 시도한 바 있다. 이번 시집에서는 더욱 다양한 그림을 시 속에 끌어들이고 있다. 고흐, 고갱, 마티스, 렘브란트 등의 그림이 여러 가지 방식으로 시와 결합한다. 「밀짚모자를 쓴 남자」 「사이프러스」 「렘브란트의 어둠」 「나부(裸婦)」에서는 그림의 장면이나 특징이 중심을 이룬다. 고흐 그림의 강렬한 색상, 렘브란트 그림의 절묘한 명암, 마티스 그림의 생동감 있는 구도에서 받은 인상이 감각적으로 표현된다. 「우체부 김판술」 「고갱 2」에서는 그림과 현실이 한자리에 섞인다. 「우체부 김판술」에서는 고흐가 그린 우체부 룰랭과 청도의 우체부 김판술 씨가 고단한 삶을 균형감 있게 이끌어가는 모습이 병치를 통해 더욱 부각된다. 「고갱 2」에서는 고갱의 〈타히티 풍경〉이 걸려 있는 길벗다방 레베카의 이야기가 주를 이룬다. 그림 속 타히티 여인과 현실의 화산리 여인의 삶이 미묘하게 중첩된다. 「감자 먹는 사람들」 「나부를 보는 나부」 「고갱 1」 「고갱 3」 등은 그림 속 정황에 현실이 덧씌워진 양태를 보인다. 가난하고 외로운 사람들이 등장하는 삶의 현장이, 밑그림 같은 원화의 분위기와 겹쳐 독특한 정조를 만들어낸다. 시인은 그림에서 받은 강렬한 인상을 실제 삶의 국면과 결합하여 실감을 부여한다. 시에 끌어들인 그림들이 대부분 페이소스가 강한 구상화라는 점은 삶의 핍진성에 대한 시인의 관심을 반영한다.

그에게서 고급예술과 대중예술의 경계는 없다. 중요한 것은 인간의 삶을 핍진하게 담아내는 능력이다. 삶의 비애를 간파하고 어루만질 수 있는가 하는 것이 좋은 예술의 기준이 된다. 이번 시집에서 대중가요와 시의 결합을 적극적으로 시도하고 있는 것에서 이런 추측을 해볼 수 있다. 시인은 어둡고 험난했던 지난 세월 대중과 함께하며 그들의 비애를 달래주었던 가요의 힘을 주목한다. 대중가요가 지니고 있는 공감과 위안의 능력을 시와 함께 끌어낸다. 또한 유행가로서 동시대의 보편적 삶의 체험을 내포하고 있는 대중가요의 특성을 간과하지 않는다. 「과거를 묻지 마세요」에서 동명의 노래를 식민지와 전쟁 체험이 할퀴어놓은 가족사의 배경음으로 활용한 것이나, 「고래사냥」을 어두웠던 군사정권 시절과 연결시킨 것, 「목로주점」에서 대학 시절과 현재의 변모된 모습을 대비시킨 것이 그러하다. 시에다 귀에 익은 노래 가사를 병치시키면서 애상적 정조가 훨씬 고조된다. 시와 노래가 중첩되면서 동시대의 분위기가 실감나게 전달된다.

오늘도 마포를 떠나지 못하고 용강동 식당에서

허드렛일이나 하고 있는 누나,
쭈글쭈글한 마음속에 추적추적 겨울비가 내린다
희미한 잿빛 욕망조차 놓아버린 나의 누나,
타박타박 인생의 종점을 향해 가고 있다
추억의 먼지 자욱한 유리창 너머로
강 건너 영등포의 불빛이 모과빛으로 아른거린다

　비에 젖어 너도 섰고 갈 곳 없는 나도 섰다
　강 건너 영등포의 불빛만 아련한데
　　　　　　　　　　　　　　　　　　　—「마포종점」부분

　대중가요와 결합된 시에서는 시인의 가족사나 개인적 체
험이 많이 드러난다. 대중가요 특유의 애상적 정조가 시인
의 내밀한 감성을 자극한 것이리라. 이 시에서는 〈마포종점〉
이라는 노래와 마포에 사는 누나의 고달픈 삶을 연결시키고
있다. 상경 이후 마포에 머물며 온갖 허드렛일에서 벗어나지
못한 누나의 애환이 고스란히 펼쳐진다. 끝에 덧붙인 노래
가사로 인해 누나의 삶은 비슷한 정황에 놓인 모든 고달픈
삶과 공명한다. 「애수의 소야곡」에서는 이 노래를 들으며 갑
자기 고향에 가고 싶어하는 아내 이야기를 한다. 감성을 한
껏 자극하여 무방비 상태로 만드는 노래의 위력이 드러난다.
고향에서 아내가 보고 싶어하는 "헐렁해서 속이 꽉 들어찬
풍경"은 그 노래의 풍경이기도 하다. 그것은 텅 비어서 울리

는 듯하면서도 공감할 만한 애상으로 가득하다.

시인은 비애를 삶의 근원적 정조로 느낀다. 자신을 포함한 가족과 가난한 이웃들과 그것을 공유하며 동질감을 맛본다. 비애의 감각으로 하나가 될 수 있는 장면들이라면 언제든지 감응한다. 자신의 시 또한 핍진한 삶의 풍경과 비애의 정조를 통해 공감할 수 있고 위로가 되는 예술로 추구해가고 있다.

5. 말의 몸, 시의 집

시인으로서 그는 시의 근원적 질료인 말에 대해 지속적인 관심을 표명해왔다. 자신을 "말에 붙잡혀 사는 자"라고 할 정도이다. 사물에 새 이름을 붙여주고 싶은 희망과 "때 낀 이름이나 붙여주고 있다"(「욜랑거리다」)는 자조를 반복하며 늘 말과 씨름한다. 그는 말의 온갖 형국을 간파하며 다양하고 실감나는 비유로 이를 표현한다.

많은 경우 말은 가시 돋친 싸움에 앞장선다. "큰 말이 작은 말을 잡아먹는다 피가 흥건하다 비린내가 온몸 구석구석 파고든다"(「설경거리다」)에서처럼 말은 약육강식의 살벌한 생존경쟁의 대상이 되기도 한다. "반들반들한 말의 벽돌로 빈틈없이 쌓아올린 집 속에/ 손님으로 들어가 쉴 만한 방들이 없다/ 말이 너무 많아 말과 말이 섞일 공간이 없다"(「가시나무」)에서처럼 말은 저마다 두텁게 벽을 쌓고 소통하지 못하는 고립양상을 보이기도 한다. "블랙홀 같은 말이 아기 엉덩이같이 동글동글한 말을 집어삼킨다 죽은 말이 살아 있는 말을 부리려 무당 푸닥거리하듯 작두 위에서 날뛴다"(「미끌거리는」)에서 말은 삶을 향해서가 아니라 죽음을 향해서 거칠게 치닫는다. 보이지 않는 말이지만 실제로 일으키는 파장은 전쟁이나 죽음을 방불케 한다. 시인은 악몽처럼 현현하는 거친 말의 형상으로 인해 고통스러워한다. 말은 인간사의 축도이고 살아 움직이는 현실이며 미래의 거울이기도 하다. "내 아들의 말 속에는 세심해서 상처투성이인 나의 말이 들어 있다 거간꾼으로 울퉁불퉁 살아온 내 아버지와 내 아버지의 아버지의 꺼칠꺼칠한 말이 숨쉬고 있다 조선 후기 유생 최서림(崔瑞琳)의 한시가 들어 있다"(「내 아들의 말 속에는」)에서처럼 말에는 그것과 연관되는 모든 삶의 자취가 자리잡고 있다. 거친 말은 그것과 다를 바 없는 세상의 척도인 셈이다. 속도전의 세상에서는 "정신없이 말을 뱉어내기 바쁜 시인"(「가시나무」)들이 넘쳐난다. 거친 말에 상처받고 새로운 말에 허기진 시인은 자신의 말이 나아갈 방향에 대해 끊임없이 모색한다.

속이 텅 빈 말의 배를 눌러
시를 게워내게 하고 싶지 않다
사물의 껍질에서 끝없이 미끄러지고 마는 말로

시를 주물럭거리고 싶지는 않다
염통이 팔딱팔딱거리는 말로
구멍투성이 말랑말랑한 말로
통통하게 살이 오른 말로
참꽃 같은 시를 낳고 싶다
참말로 먹을 수 있는 시를

　　　　　　　　　　　　　　　—「참꽃 같은」 전문

　말에 대한 시인의 집요한 탐색은 결국 좋은 시를 짓기 위
한 것이다. 말은 좋은 시를 짓기 위한 기본적인 요건이다. 속
이 텅 빈 말이나 껍질만 번지르르한 말은 우선적으로 실격
이다. 그가 쓰고자 하는 시는 화려하게 빛나는 공허한 말놀
이와는 전혀 다르기 때문이다. 그는 살아 팔딱거리는 언어
로 쓴 먹을 수 있는 시를 원한다. 허기진 배를 채워주던 참꽃
같은 시로 외롭고 헐벗은 사람들의 마음을 위로하고 싶어한
다. "사람 때문에 무너지지 않는/ 사람의 이야기가 지붕이
되고 서까래가 되어/ 견고히 서는 집"을 지으려 한다. 사람
냄새가 나지 않는 말들의 향연보다 사람의 이야기로 쌓아올
린 든든한 말의 집이 그것이다. 가시 돋친 말들의 폭력으로
구멍투성이가 되면서도 "바보처럼 웃기만 하는/ 위대한 소
성(塑性)"(「말의 집」)을 지니고자 한다. 본래의 상태로 돌아
가려는 탄성을 포기하고 구멍투성이가 되더라도 저에게 가
해지는 모든 폭력을 수용하는 가없는 사랑을 실현하려는 것

이다. 이것이 오래전부터 시인이 추구해온 "둥근 구멍의 힘"
이다. 그는 가시마저 삼키며 부드럽게 그것을 감싸는 "말랑
말랑한 말의 혀"(「시인」)야말로 시에 필요한 몸이라고 본다.

　시인이자 시론가로서 서정시의 뿌리를 탐색해온 그는 말
의 위력을 누구보다도 잘 안다. 무서운 상처를 낼 수도 있
고 크나큰 위안이 될 수도 있는 말을 다루는 데 있어 이제
그는 누구보다도 뚜렷한 기준을 세울 수 있게 되었다. 외롭
고 굶주린 이웃에게 한마디의 위로와 한 그릇의 밥이 될 수
있는 말로 시의 집을 지으려 한다. 그것은 화려하고 공허한
말들이 일으킨 신기루가 아니라 상처와 사랑으로 다져진 견
고한 집이다. 서정시의 견고한 뿌리가 자리잡고 있는 핍진
한 삶의 거처이다.

최서림 1956년 경북 청도에서 태어났다. 서울대 국어국문학과 및 같은 대학원 박사과정을 졸업했으며, 1993년 『현대시』를 통해 문단에 나왔다. 시집으로 『이서국으로 들어가다』『유토피아 없이 사는 법』『세상의 가시를 더듬다』『구멍』『물금』 등이 있고, 시론집으로 『말의 혀』가 있다. 현재 서울과학기술대학교 문예창작학과 교수로 재직중이다.

— 문학동네시인선 056

버들치

ⓒ 최서림 2014

— 1판 1쇄 2014년 6월 12일
1판 3쇄 2024년 9월 13일

지은이 | 최서림
책임편집 | 김필균
편집 | 이경록
디자인 | 수류산방(樹流山房) 본문 디자인 | 유현아
저작권 | 박지영 형소진 최은진 오서영
마케팅 | 정민호 서지화 한민아 이민경 왕지경 정경주 김수인 김혜원 김하연
　　　　김예진
브랜딩 | 함유지 함근아 박민재 김희숙 이송이 박다솔 조다현 정승민 배진성
제작 | 강신은 김동욱 이순호
제작처 | 영신사

펴낸곳 | (주)문학동네
펴낸이 | 김소영
출판등록 | 1993년 10월 22일 제2003-000045호
주소 | 10881 경기도 파주시 회동길 210
전자우편 | editor@munhak.com
대표전화 | 031) 955-8888 팩스 | 031) 955-8855
문의전화 | 031) 955-2696(마케팅), 031) 955-2678(편집)
문학동네카페 | http://cafe.naver.com/mhdn
인스타그램 | @munhakdongne 트위터 | @munhakdongne
북클럽문학동네 | http://bookclubmunhak.com

ISBN 978-89-546-2491-6 03810

* 지은이는 2012년 아르코 문학창작기금을 수혜했습니다.
* 이 책의 판권은 지은이와 문학동네에 있습니다. 이 책 내용의 전부 또는 일부를 재사용
　하려면 반드시 양측의 서면 동의를 받아야 합니다.

잘못된 책은 구입하신 서점에서 교환해드립니다.
기타 교환 문의: 031) 955-2661, 3580

— www.munhak.com

문학동네